# APOLOGIE

### DES

# JÉSUITES

#### PAR

## UN DE LEURS AMIS.

## ANGERS,

### IMPRIMERIE DE CORNILLEAU ET MAIGE,

PLACE SAINT-MARTIN.

## 1845.

# APOLOGIE

## DES

# JÉSUITES,

### PAR UN DE LEURS AMIS.

# A Monsieur Michelet.

Déjà blanchissait l'onde, et la dernière étoile
Fuyait devant Phébus que l'aurore annonçait ;
Au loin sur l'Océan cinglait la blanche voile,
A l'ancre seul au port, un navire attendait :
Jeune encor, le pilote à l'élément perfide
N'osait se confier : il lui manquait un guide.....


Lors, traçant dans les cieux un sillon de lumière,
Un génie apparait, il s'abat vers la terre :
« Suis-moi, jeune pilote, » et l'enfant hésitait.....
Assis au gouvernail, le génie appareille ;
L'enfant s'endort en paix, mais le pilote veille,
Et, bravant les écueils, la tempête et la mort,
Il voit son jeune ami se réveiller au port.


Ainsi vous nous guidez, nous, ardente jeunesse,
Vers un but glorieux, la science du vrai ;
Et vos études sont des leçons de sagesse,
A les suivre on est fier, même d'un faible essai.

## 1845

G. II.

# LES JÉSUITES.

Mais qui êtes vous bonnes gens? Et d'où venez-vous? Par où avez-vous passé? La sentinelle de France ne veillait pas bien cette nuit à la frontière, car elle ne vous a pas vus !......

Gens qui voyagez de nuit, je vous ai vus le jour, je ne m'en souviens que trop, et de ceux qui vous amenèrent. C'était en 1815, votre nom c'est l'étranger.

MICHELET.

*(Extraits de ses Esquisses Historiques.)*

## A Monsieur Michelet,

### HOMMAGE D'ADMIRATION.

### I.

Un murmure confus bruit dans la nuit sombre,
Chut, écoutez !..... ce sont des chants de mort !
Et des fantômes noirs là-bas glissent dans l'ombre,
Fuyez loin d'eux, enfants ! L'oiseau prend son essort
Lorsque fendant la nue, un vautour veut l'atteindre ;
De même, à leur approche, enfants, vite fuyez !
Vous, soldats, ranimez les feux prêts à s'éteindre ;
Debout, sur vos mousquets, sentinelles, veillez !

C'est vous qu'ils ont marqués, enfants, pour leurs victimes.
Pour détruire le fruit il faut faner la fleur.....
Du sort qui vous attend, ils font récits sublimes.
Le poison a souvent une douce saveur.....
Fuyez, enfants, fuyez ces gens qui savent feindre
La vie et ses attraits sous la mort... Oh! fuyez!
Vous, soldats, ranimez les feux prêts à s'éteindre;
Debout, sur vos mousquets, sentinelles, veillez!

Ce qu'ils veulent, enfants! vous ravir à vos mères,
Sous leurs doigts de squelette étouffer votre cœur,
Etioler votre ame, et dicter les prières
Qu'il vous faut répéter à l'autel du Seigneur.
« Dieu le veut! disent-ils, sachez donc vous contraindre! »
Pour vivre il faut mourir..... enfants, vous comprenez!
Vous, soldats, ranimez les feux prêts à s'éteindre;
Debout, sur vos mousquets, sentinelles, veillez!

Se glisser en rampant au sein de la famille,
Y porter le désordre et le doute et l'effroi;
Régner par la terreur sur la mère et la fille,
Espionner le père, incriminer sa foi;
Du Jésuite, telle est la mission à craindre;
L'œuvre c'est l'ouvrier, voyez l'œuvre et jugez!
Vous, soldats, ranimez les feux prêts à s'éteindre;
Debout, sur vos mousquets, sentinelles, veillez!

Le tribunal sacré de sainte pénitence
Est le réduit secret du Jésuite agissant,
Où la femme subit la fatale influence,
Qui la rend dans ses mains un mobile puissant.
Rebelle à ses conseils, veut-elle les enfreindre?
« Anathême sur vous! lui dit-il, ou croyez! »
Vous, soldats, ranimez les feux prêts à s'éteindre;
Debout, sur vos mousquets, sentinelles, veillez!

De Jésus mort pour nous, la noble compagnie
Fait dans son zèle ardent religion de tout,
Et pour croix porte un glaive à la lame bénie
Dont la tête est à Rome et la pointe partout.
C'est pour Dieu! pour sa gloire! il ne faut pas se plaindre;
Soyez humbles, chrétiens! à genoux et priez.
Vous, soldats, ranimez les feux prêts à s'éteindre;
Debout, sur vos mousquets, sentinelles, veillez!

Vous qui croyez en Dieu, *vous vous aimez en frères;*
Religieux sans faste, au vrai culte du bien
Vous vous donnez de cœur, et vos vertus austères
Sont l'exemple de tous, de l'honneur le soutien.
Libres et courageux, vous n'avez rien à craindre,
Au temple de mémoire, hommes de bien, montez!
Vous, soldats, ranimez les feux prêts à s'éteindre;
Debout, sur vos mousquets, sentinelles, veillez!

Mais vous n'adorez pas quelque vieille relique,
*Vous ne pratiquez pas...* le bien est votre but!
Soit. Mais vous oubliez ce dire évangélique:
*Hors l'Église, pour vous, il n'est point de salut.*
A quoi sert la vertu, si l'on ne sait la feindre?
Sous peine de l'enfer, abjurez, abjurez!
Vous, soldats, ranimez les feux prêts à s'éteindre;
Debout, sur vos mousquets, sentinelles veillez!

Gloire à ses nautonniers! La barque de saint Pierre
A travers l'Océan voit flotter son drapeau,
Pirate au nom de Dieu, tirant son cimeterre,
Le Jésuite apparaît et s'érige en bourreau.
Si vous voyez, amis, un reptile vous joindre,
Sous votre pied bien vite, écrasez, écrasez.
Vous, soldats, ranimez les feux prêts à s'éteindre;
Debout, sur vos mousquets, sentinelles, veillez!

Faire d'un peuple libre une masse sans vie,
Courbée aveuglément sous un maître absolu,
De vos agents secrets, créature avilie.....
Hommes à robe noire, heureux est votre élu !!
Au front de tout un peuple, oui, vous voulez empreindre
Le sceau du déshonneur, maudits ! vous m'effrayez !
Vous, soldats, ranimez les feux prêts à s'éteindre ;
Debout, sur vos mousquets, sentinelles, veillez !

Nous ravir nos enfants est tout votre courage,
Sombres oiseaux de nuit que le grand jour voit fuir ;
Et sur nous ne pouvant exercer votre rage,
Vous cherchez par la femme à pouvoir l'assouvir.
L'esclavage est chez vous, et cherche à vous étreindre,
Peuples, il en est temps ! levez vous, ou mourez !
Vous, soldats, ranimez les feux prêts à s'éteindre ;
Debout, sur vos mousquets, sentinelles, veillez !

Les voilà près de nous, voyez-les ces faux prêtres
Venir les yeux hagards et frissonnant de peur ;
Ils passent seul à seul, ainsi marchent les traîtres,
Blasphèmes à la bouche, ambition au cœur !
Sentinelles à vous ! il faut tous les atteindre ;
Arrêtez ces maudits, à vos armes courez !...
Ah ! vous aviez, soldats, laissé les feux s'éteindre ;
Debout, sur vos mousquets, malheur !... vous dormiez !

## II.

Et la garde qui veille aux barrières du Louvre,<br>
N'en défend pas nos rois.

MALHERBE.

Le Jésuite triomphe et son chant de victoire
Brave notre faiblesse à nous Français déchus ;
Et partout Loyola guidant sa garde noire
Fait cadavre de tout..... la vie est un abus !
L'araignée en tressant le réseau qui la couvre,
Sous les plus beaux lambris met la mouche aux abois...
« Et la garde qui veille aux barrières du Louvre,
» N'en défend pas nos rois. »

Honteusement chassé par-delà nos frontières ;
L'esclave reparaît oublieux du passé ;
Impose impudemment ses sentences altières,
Insulte à notre gloire, à son règne effacé.
Il jette pour trophée à cette ère qu'il ouvre,
Un peuple grand et fier qu'il soumet à ses lois ;
« Et la garde qui veille aux barrières du Louvre,
» N'en défend pas nos rois. »

Suppôts du despotisme, armant une croisade
Contre la liberté qui les fait tous pâlir,
Au nom de liberté cette vile peuplade,
Du sommeil de la mort cherche à nous endormir.
De cet affreux néant l'abîme qui s'entrouvre,
Est la tombe creusée aux Français d'autrefois ;
« Et la garde qui veille aux barrières du Louvre,
» N'en défend pas nos rois. »

Ainsi que ce point noir, terrible épidémie,
Qu'en langue médicale on nomme le *charbon*,
Poison s'entremêlant au sang qu'il putréfie
Pour aller jusqu'au cœur et l'étouffer d'un bond :
Ainsi de Loyola l'ordre s'étend et couvre
Les peuples qu'il endort à l'ombre de la croix ;
« Et la garde qui veille aux barrières du Louvre,
  » N'en défend pas nos rois. »


« *Soumis avec respect à sa volonté sainte,* [*]
Nous avons du Jésuite accueilli le retour ;
Lui-même rejetant toute inutile feinte,
S'avance le front haut, et sans autre détour,
Exploite en souverain la mine qu'il découvre ;
Il nous veut à ses pieds et lui sur le pavois ;
« Et la garde qui veille aux barrières du Louvre,
  » N'en défend pas nos rois  »


Peuples, prosternez-vous ! revêtez le suaire,
Ce jour n'est plus pour vous qu'un jour sans lendemain ;
Et de vos libertés le convoi funéraire
Défile lentement ! précède le destin :
Il creuse le tombeau, que de terre il recouvre ;
Sur le tertre l'oubli pèse de tout son poids ;
« Et la garde qui veille aux barrières du Louvre,
  » N'en défend pas nos rois


G. H.

[*] Racine. *Athalie*.

# CONSEILS.

Gloire à Dieu dans la hauteur des cieux, et paix
sur la terre aux hommes de bonne volonté!
Que celui qui a des oreilles entende;
Que celui qui a des yeux les ouvre et regarde !...
DE LA MENNAIS.
*(Paroles d'un croyant.)*

Oh ! vous dont le cœur jeune et plein de confiance,
S'élance avec ardeur aux champs de l'avenir
Où court en souriant et bondit l'espérance,
Ecoutez un conseil..... voulez-vous réussir ?
Voulez-vous un grand nom ? beaucoup de renommée ?
Aux honneurs, au pouvoir voulez-vous parvenir ?
Arriver à tous buts par une route aisée ?
Du Jésuite ici-bas faites-vous les amis,
Car le Jésuite est grand, son influence aimée,
  En vérité, je vous le dis.


Sur le vaisseau sacré, vaisseau de la patrie,
Sous l'orage incessant toujours prêt de sombrer,
De pauvre matelot, sentinelle en vigie,
Sur tous au premier rang voulez-vous l'emporter ?
Au chemin de la vie, à vous si difficile,

Pélerins sans appui condamnés à marcher,
Aux palais de nos grands voulez-vous un asile?
Du Jésuite ici-bas soyèz les bons amis ,
Et vous aurez la croix..... d'honneur, oh ! c'est facile,
      En vérité , je vous le dis.


Plus simples au village , aux lieux où votre mère ,
Loin de vous maintenant , attend votre retour,
Désirez-vous l'emploi qu'occupait votre père ,
Héritage sacré !... Dans cet heureux séjour
Voulez-vous être aimés , et loin de toutes peines ,
Y voir briller le soir de votre dernier jour?
Rendez-vous à l'église , et toujours les mains pleines...
Le pain bénit offrez ; et vous aurez , amis ,
La parodie ainsi du chêne de Vincennes ,
      En vérité , je vous le dis.


Voulez-vous prendre femme et vous mettre en ménage?
Voulez-vous des vertus , et voire même une dot?
Et d'une vieille tante encaisser l'héritage?
Dans ce tirage au sort voulez-vous le bon lot?
Quel gage de bonheur vous fraudrait-il encore?
Voulez-vous des enfants?... Promettez un marmot
Au jésuite affamé.... cet autre minotaure;
Vos vœux seront comblés ; sans crainte aucune , amis ,
Oui, vous pourrez ouvrir la boîte de Pandore ,
      En vérité , je vous le dis.


Voulez-vous mériter l'amour de votre femme,
Les soins qu'elle vous donne avec si grande ardeur,
Alors qu'elle complote une bien noire trame
Contre vous, de concert avec votre coiffeur?
Voulez-vous reposer dans une sainte ivresse,

Être toujours héros sans *reproche* et sans *peur* ?
Voulez-vous voir en tout flatter votre paresse ?
Absoudre vos défauts ? aux Jésuites, amis,
Une fois par semaine, allez vite à confesse,
    En vérité, je vous le dis.

Votre dame veut-elle une femme de chambre?
Allez droit à cet antre, appelé le couvent;
Vous aurez un sujet.... bonne fille ! elle est membre
D'une société priant Dieu bien souvent.
Vous-même, voulez-vous un serviteur fidèle,
Et de votre personne adulateur fervent?
Aux Jésuites toujours demandez ce modèle
De tous les serviteurs, et vous n'aurez, amis,
Qu'à louer son ardeur, applaudir à son zèle,
    En vérité, je vous le dis.

Toujours préoccupé des besoins de ses frères,
Le Jésuite a formé d'habiles ouvriers
Arrachés par ses soins à leurs noires misères,
Qu'il adresse en sous main aux maîtres d'ateliers.
A de si grands bienfaits il faut la récompense....
Alors que vous avez accès en tous métiers,
De tout observateurs en ame et conscience,
A vos bons protecteurs, oui, vous devez, amis,
*Petit compte rendu* de ce que chacun pense....
    En vérité, je vous le dis.

Participant *quand même* aux choses temporelles,
Le Jésuite s'adonne à tous enseignements,
Sans négliger en rien les lois spirituelles;
« *( Il est avec le ciel des accommodements )* [*]. » .

<hr>

[*] Le *Tartufe* de Molière, acte VI, scène V.

A l'étude de l'ame on joint au séminaire,
L'étude de la vie et de ses éléments;
Au culte de la foi dans ce pur sanctuaire,
On apprend à douter même de ses amis,
Toujours dans son semblable à voir un adversaire,
    En vérité, je vous le dis.


Agioteur intrigant, chevalier d'industries,
Monopole ambulant, marchand de bric à brac,
De tout en général ses maisons sont fournies,
Et les échantillons sont dans son havresac :
Chapelet, crucifix, indulgences plénières,
Histoire Loriquet, livre saint, Almanach,
Soubrettes, serviteurs, très bonnes cuisinières,
Ouvriers en tout genre.... et pour tous ses amis,
Papiers et passeports pour toutes les frontières,
    En vérité, je vous le dis.


Car le Jésuite est l'homme aux ressources puissantes;
Partout, en toute chose, on reconnaît sa main.
Obligé de céder à des forces pressantes,
Il ne perd point courage et sait dire : A demain!...
Il se fait à prix d'or nombreuses créatures,
Qu'il jette en éclaireurs pour sonder le terrain...
Honneur à qui le sert et malheur aux parjures!
Fidèles! vous aurez les clefs du Paradis;
Rebelles! vous serez voués aux flétrissures,
    En vérité, je vous le dis.


Du Jésuite ici-bas divine est l'assistance :
Allez à vêpres, messe, au prône et cætera....
Vous verrez ce que peut alors son influence;
Aide-toi, nous dit-il, et le ciel t'aidera !

Il est très bien en cour : imprudent qui le brave ,
Sans appui , sous ses pieds le chemin glissera.
Pour que l'on nous protège , il faut se faire esclave ;
La fortune commande à tous ses favoris !...
Jésuites... vos succès grandiront sans entrave ,
En vérité , je vous le dis.

G. H.

Angers , Imp. de Cornilleau et Maige.